L'HOMME ET SON FARDEAU

TRANSSUDATIONS POÉTIQUES

CLAUDE JOLLET

L'HOMME ET SON FARDEAU

TRANSSUDATIONS POÉTIQUES

Données du catalogue avant publication (Canada)

Jollet, Claude, 1946-

L'homme et son fardeau : transsudations poétiques

Dépôt légal : troisième trimestre 2018
Bibliothèque nationale du Québec
Bibliothèque nationale du Canada

Édition sur papier :
ISBN: 978-1-9994336-0-4

Éditions en formats numériques :
MOBI : ISBN: 978-0-9950273-7-4
ePUB : ISBN: 978-0-9950273-8-1
PDF   : ISBN: 978-0-9950273-9-8

À ma femme Lise,
l'artiste qui inspire l'écrivain en moi
ainsi qu'à mes enfants et petits enfants
qui me motivent à léguer

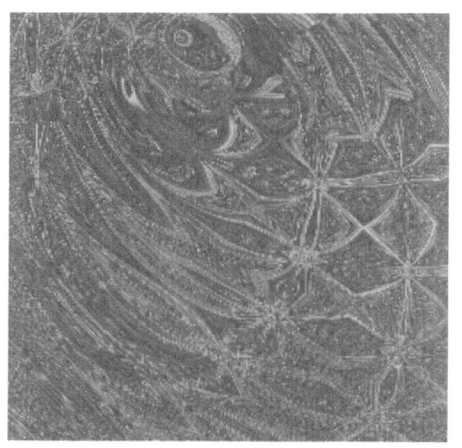

Leitmotiv

La quête m'enivre,
toujours.

Un faîte me prive,
toujours.

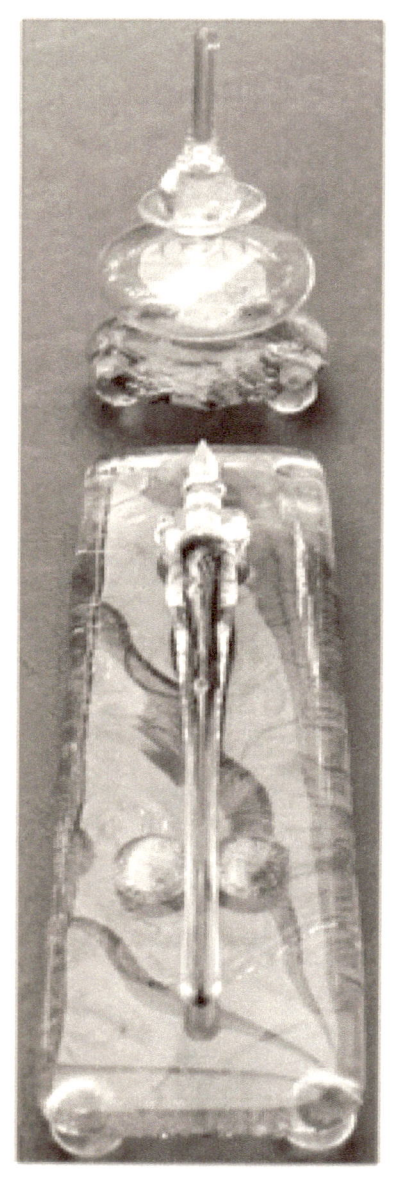

Prologue

Il survient parfois des événements qui enchevêtrent le cours de notre vie, à en hurler de frustration. Il importe, alors, d'ouvrir les soupapes toutes grandes et de laisser s'échapper cette pression intérieure qui menaçait votre intégrité, jusqu'à ce que vous ayez retrouvé l'équilibre, c'est-à-dire, opposé une force au moins égale à celles qui agissent sur vous.

Évidemment, cela, vous en conviendrez, peut difficilement s'accomplir sans bruit, un bruit qui dérangera presque certainement. Mais, soyez rassurés, les premiers incommodés seront probablement ceux qui vous "pompent l'air" ... qui envahissaient votre espace vital, de toute façon, et cela ne constituera qu'un juste retour des choses. Ils n'en étaient peut-être pas conscients, vous me direz. Oh! Que vous êtes généreux! Eh bien, il est grand temps qu'ils le sachent.

La nature a horreur du vide. Donc, en verbalisant vos plus intimes sentiments, vous vous soulagerez et vous contribuerez, au moins un peu, à combler le "vide de sens" qui vous entourait. Ainsi, au lieu d'être seul soulagé, vous serez plusieurs. On vous en saura peut-être gré, un jour ... Quoi? Il faut bien justifier la présence du mot naïveté dans le dictionnaire. De toute manière, parce que l'occasion ne se représentera peut-être pas, vous devez la saisir avec toute la force de l'espoir. Cela, au moins, vous est permis. Et lorsque vous recouvrez, ne serait-ce que momentanément, ce calme serein qui vous éludait, alors il fait bon communiquer sa joie de vivre à l'aide de quelques mots soigneusement choisis et bien sentis.

En effet, je crois que partager son bonheur, c'est le faire triompher.

Claude Jollet

La poésie

C'est dire sa vie parallèle.
C'est vivre l'anticipé, en différé.
C'est saisir le moment qui nous élude.
C'est vivre l'ineffable maintenant.
C'est céder à l'extase ... un moment.
C'est dire son incertitude.
C'est dénoncer l'insoutenable.
C'est renaître de ses cendres.
C'est hurler son euphorie ... sa peur.
C'est murmurer à tue-tête.
C'est élaguer ses intolérances.
C'est soulager son ambiguïté.
C'est secréter son âme.
C'est partager son immortalité.

C'est lever un coin de voile sur son ... ubiquité.

Première partie

À PROPOS DÉTONANTS

J'accuse

j'accuse l'insulte
qui me catapulte
dans le tumulte
d'espoirs occultes

ces subreptices
qui se glissent
s'immiscent
et me nourrissent

ces tourments
aux effets déments
vagues calmants
faux dépaysements

si d'aventure
l'insolite m'effleure,
j'arme l'écriture
et tranche noirceur

alors, seulement alors,
je crache dehors
le venin malsain
de mes fins

L'habitude

Il savait qu'il ne fallait pas, qu'il ne devrait pas sortir encore cette nuit. On l'avait presque pris sur le fait, l'année dernière, dans le quartier gai.

Il avait tellement parcouru les rues de ce vieux quartier qu'il en connaissait les moindres recoins par cœur. Il en connaissait tous les sons, intimement. Il aurait même pu, s'il l'avait voulu, se guider uniquement à l'aide des odeurs, tellement il avait parcouru le même chemin souvent.

C'était devenu dangereux de sortir ainsi la nuit, à l'insu de sa femme. Elle avait toujours été si bonne pour lui. Mais sa maladie la faisait terriblement souffrir, depuis deux ans. Elle devait prendre de puissants médicaments qui l'assommaient, littéralement, pour la nuit. Il n'y avait pas de doses plus fortes. Mais la maladie progressait et, une nuit, il le savait bien, la douleur finirait par la réveiller. Il espérait vivement que lorsque ce moment viendrait, il ne serait pas absent, comme maintenant.

Mais, c'était depuis longtemps plus fort que lui.

Comme les dernières fois, il bifurqua vers la droite, à la boîte postale. Il contourna l'énorme bosquet qui obstruait presque complètement l'entrée d'une étroite ruelle, entre deux pâtés d'édifices délabrés, usés par le temps et la négligence.

Comme d'habitude, tous ses sens étaient en éveil. Comme d'habitude, sa survie en dépendait.

Il avançait lentement, à pas feutrés, prenant bien soin de ne pas heurter un objet qui aurait pu alerter quelqu'un. Au bout d'un moment, les sons habituels lui parvenaient, clairement, du bout de la ruelle. Les fêtards du vendredi soir sortaient bruyamment des bars. Les jeunes écervelés cabraient leurs montures rutilantes et s'amusaient à démarrer dans un crissement de pneus énervant.

Furtivement, il se glissa dans l'embrasure d'un portique malodorant qui ne devait jamais avoir connu la lumière, tellement les édifices étaient hauts, et la ruelle étroite. Il n'avait, en effet, jamais senti le soleil toucher sa joue, lors des premières excursions de reconnaissance, effectuées il y a si longtemps déjà.

Il n'était plus loin de la rue bruyante d'activités nocturnes. Suffisamment près, d'ailleurs, qu'il parvenait à entendre, malgré le tintamarre, la voix rauque et chaude de Lucienne, la prostituée la plus populaire du quartier depuis une semaine.

Ses clients l'appelaient " la grande blonde ", mais lui, il savait qu'elle était brune. Il l'avait entendue l'avouer à une de ses amies, la nuit à deux pas de lui. Il était si bien dissimulé qu'elles n'avaient jamais soupçonné sa présence.

Pas étonnant, d'ailleurs. Il avait des années d'expérience dans l'art de passer inaperçu. Il avait tellement pratiqué ses techniques qu'il était un des meilleurs. Même Gustave, le vieux clochard, ne protestait plus lorsqu'il traversait le domicile élu de ce dernier, sur la pointe des pieds.

Malgré son haut niveau de compétence acquise, il n'avait jamais soufflé mot de ses " prouesses " nocturnes à quiconque. Il n'avait pas besoin d'admirateurs : il avait besoin de vivre la peur, en solitaire, sans partager. Point.

C'était son secret. Il savait bien, dans le fond, qu'il se ferait happer par le destin, un jour; qu'il se ferait prendre à son petit jeu . Ce serait la fin, alors. Ce serait la mort violente certaine.

Il ne savait pas, cependant, ce qu'il ferait sans cette montée d'adrénaline, qu'il anticipait toujours avec jouissance. La salive qui devient soudain épaisse, la gorge qui se resserre, le cœur qui bat à tout rompre, la pression sanguine qui monte derrière les tempes et, finalement, ces tout petits spasmes sous sa ceinture.

Ces derniers se manifestaient invariablement juste avant l'assaut final. Ces signes étaient d'ailleurs un gage certain d'intenses émotions, un symptôme précurseur du paroxysme de plaisir qu'il recherchait tant, et pour lequel il avait si patiemment revécu son scénario, nuit après nuit, depuis des mois.

Chaque nouvel exploit lui insufflait une nouvelle certitude envoûtante d'invincibilité.

Personne ne s'était encore douté de rien. D'ailleurs, il ne comptait plus ses faits d'armes depuis longtemps.

Il buvait toujours, avidement, les paroles des journalistes, le lendemain, aux nouvelles de huit heures.

Les témoins n'en revenaient jamais du geste insensé qui avait été perpétré. Il se trouvait toujours quelqu'un pour conclure : " On devrait l'enfermer à double tour, celui qui a fait ça, et jeter la clé " ! D'autres encore ajouteraient : " C'est un fou dangereux. Il a besoin de se faire examiner sérieusement, ce gars-là " !

"Il", "celui", "gars". Voilà les seuls indices qu'il n'avait jamais laissés derrière lui. Quelqu'un avait déjà conclu qu'il devait être un homme, et un athlète accompli, pour être capable d'un si puissant sprint. On avait même suggéré qu'on doive mettre tous les " sprinteurs " de renom, en tête de liste des suspects.

Lucienne était maintenant seule. Elle se tenait adossée contre le mur, tout près de la sortie de la ruelle, juste devant un tas d'ordures nauséabondes. Elle se mit à siffloter, tout doucement, un air de jazz connu. Elle ne le verrait pas venir. Il devint soudainement agacé de ne pouvoir se souvenir du titre. Ne se targuait-il pas, sans cesse, de tout connaître du jazz ?

L'air chaud et humide intensifiait les odeurs. C'était devenu insoutenable, mais il allait faire vite, très vite. Comme d'habitude.

Assez rêvasser. Le moment est venu de passer à l'acte. Le bruit des voitures, que leurs pilotes d'occasion avaient commencé à faire rugir d'impatience au feu rouge, allait atteindre son apothéose dans quelques secondes.

D'une puissante détente de sa jambe droite, il bondit.

*

Il est huit heures. Bonjour, Mesdames et Messieurs. Voici maintenant les nouvelles locales.

L'homme, surnommé le " sprinteur ", a finalement trouvé la mort la nuit dernière, vers deux heures quarante-cinq.

Un cycliste ivre, qui filait à vive allure sur le trottoir, est entré en collision violente avec l'homme qui avait soudainement surgi d'une étroite ruelle. Le " sprinteur " est mort sur le coup, alors que, selon toutes vraisemblances, il s'apprêtait à commettre sa cascade favorite, avec laquelle il avait acquis sa douteuse renommée.

On se souviendra qu'il était passé maître dans un " contre la montre " avec les voitures, lorsqu'elles s'apprêtaient à démarrer en trombe au feu vert. Il avait toujours réussi à traverser devant les bolides sur le point de démarrer, sans se faire frapper. Il attendait toujours à la dernière fraction de seconde, pour mieux flirter avec la mort.

Étonnamment, la police a révélé que l'homme de 27 ans était aveugle de naissance.

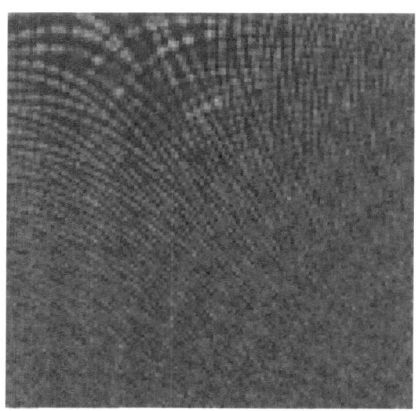

Raison en dérision

Que de trouvailles
il faille
au travail
pour éviter la paille!

C'est dans la chamaille
et les failles
que, sans gouvernail,
on nous tiraille,
on nous assaille.

Quelle bataille!

De vaines trouvailles,
rien qui vaille.
Qu'ils y aillent.

L'institution
illusoire
déraille
avec fracas.

Je me taille.

Impuissance

le plaignant exprime sa déférence
dans l'indifférence
à sa voix, de guerre lasse éteinte
on oppose une attention feinte

sa requête, bien que justifiée
s'étiole devant tant de détours
le gratte-papier, du haut de sa tour
s'évertue à le mystifier

nul effort ne saurait convaincre
le suffisant
se réfugiant
derrière le libellé à vaincre

le fainéant
feignant l'impuissance
relègue au néant
toute ingérence

finalement
on apprend
que le temps
prendra du temps

trop tard

Préférences

je préfère
d'emblée
ceux qui profèrent des âneries
à ces ânes vautrés
dans le blé
qui profèrent ce que
je préfère

c'est tout dire

Parti prix

fumisterie
que cette fumante hystérie

escroquerie
que ces crocs qui rient

fourberie
que ces fourre-brebis

travesti
qui t'investit

du pouvoir

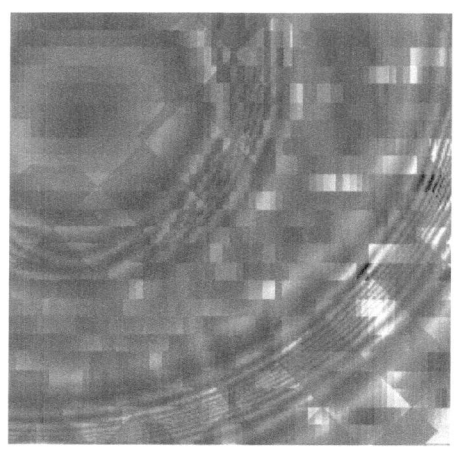

Mens tremens

tu écornifles
persifles
gifles
biffes

tu mens

irrationnel
passionnel
inconditionnel
d'elle

tu mens

inexorablement
invariablement
inévitablement
impénitent

tu mens

Importunités

le doigt accusateur un peu gaillard
il fustige du regard
et crache sa tare
sans crier gare

ne sachant pas que plus tard
quelqu'un lui rendra sa part
et comblera le retard

il le souhaitera alors avare
d'importuns égards
qui tel un phare
le rendront blafard

rendu hagard
l'esprit épars
il accusera le dard
de ses écarts

juste avatar

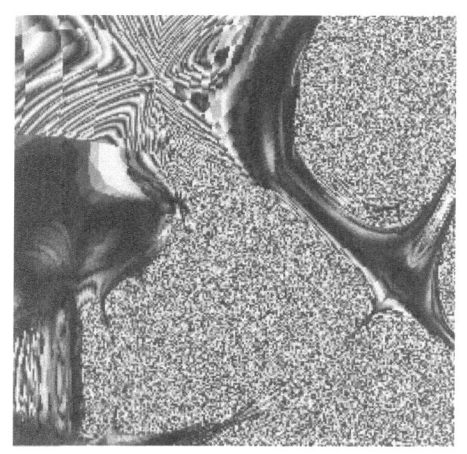

Autant passer

le temps passé
à rêvasser
est meublé d'actes négligés,
mais les heures écoulées
pour certains sacrifiées
m'ont récompensé
en ce jubilé

à tempêter
devant tant d'iniquités
accumulées
j'ai redressé
les gestes oubliés

ainsi libéré
pour mieux aimer
je me suis réconcilié
avec le temps passé

Prélude à la détresse

il erre en son âme
et drame
s'inflige

sa douleur clame
de colère se pâme
s'afflige

perd son calme
blâme
fustige

bigame
viole femme
corrige

craint la trame
sa dame
fige

souffle la flamme
croyant qu'à son dam
on s'érige

cède la palme
rend les armes
néglige

feint le calme
affûte sa lame
détresse oblige

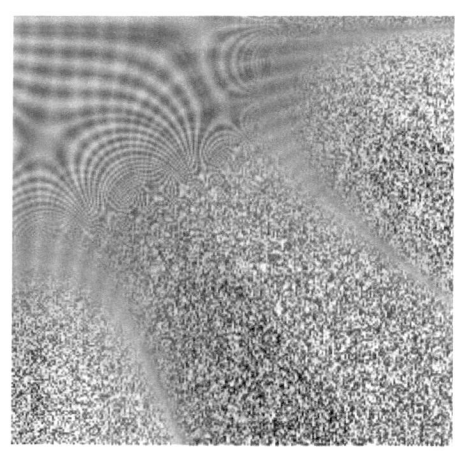

Dol de vie

la vie
cette longue émotion
qui s'agite entre mes côtes
qui s'ébruite entre mes hôtes
qui invite à la faute

prend mission
d'où surgissent tensions
par refus de motion
et de guère mention

alors que m'incitent les apôtres
alors que s'éloignent les autres
alors que m'évitent les vôtres

a fuit
sans bruit

par dépit

La grande entreprise

le coeur en chantier
ravagé par ton air altier
mes chênes ont tombé
par ta froideur fauchés

histoire arrachée
d'entailles pratiquées
valons charnus
fosses devenues

grise d'envie
poussée par le gain
tu as parsemé ma vie
d'implants si vains

tu as foulé mes pensées
sous tes maudits fardiers

Oh! Quelle douce ironie
renaître de ces jardins
volés aux vides citadins
créés par ton ignominie

tes desseins j'aurai déjoué
sous ton nez

44

Égarement

la route défile
et traverse cette ville
à l'aspect désolant
sise aux confluents

trois rivières s'y rencontrent
chargées de noble histoire
que nul n'ose croire
tellement si peu nous montre

la route défile
et le pays s'ennoblit
elle glisse doucement dans l'oubli
et vivement je me défile

des arbres à perte de vue
bordent le bitume
que pèlerins de coutume
ont parcouru

la route défile
et perce l'horizon
chargé de nuages hostiles
qui déroutent la raison

la route défile
et soudain surplombe
une rivière qui se faufile
sous le crépuscule qui tombe

la route défile
et les ombres s'allongent
mon coeur jubile
car, enfin, débute le songe

la route défile
et le ciel se défait
des nuages qui l'obnubilent
des voiles du palais

la route défile
et le chemin du roi
entraîne mon âme en proie
aux affres de l'exil

la route défile ...

sans toi

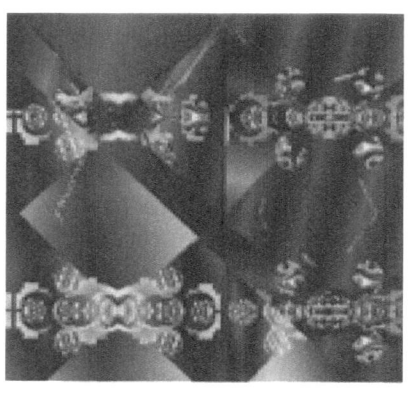

Désirs

meubler ma vie
de premières fois
pour repousser le froid
et quitter le parvis

revivre, revivre encore
ces moments ineffables
qui tiennent de la fable
et subliment le corps

parcourir le monde
le mien, celui des autres
découvrir, entre autres
ce qui fait sourire la Joconde

me gaver de quêtes
défier l'impossible
crier l'indicible
vivre à tue-tête

m'abreuver
absorber
diffuser
irradier

prendre Mon Temps
et renaître

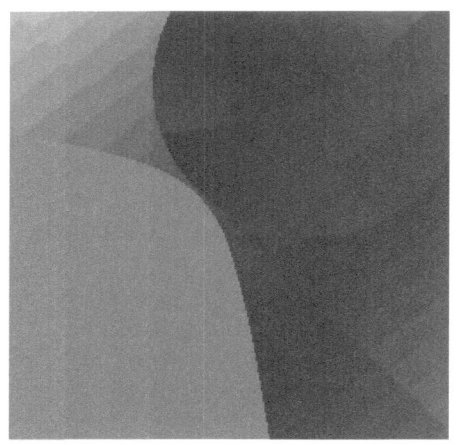

Croisade

flibustiers et corsaires
insouciance, innocence de naguère

j'ai emprunté les sentiers de la guerre
les laissant loin derrière

encore noble, cause d'hier,
à sa source amère ne s'abreuve plus le fier

trop de défaites, trop de blessures
ont terni, meurtri l'armure
dont le lustre a disparu
sous la poussière des batailles perdues

le soldat d'antan
se retranche un moment

Toicentricités

me réaliser
me peaufiner
de toi

me parfaire
me complaire
en toi

m'exorciser
me justifier
par toi

tressaillir
et défaillir
en toi

grandir
mourir
pour toi

In extrême miss

elle se cache
de peur que les taches
de cravache
ne se sachent

l'esprit retors
il lui arrache la raison
la traite de vache
lui promet la mort

folle de lui
elle s'épuise

enfin, de douleur grise,
le fuit

de nuit

ultime effort
vidée de passions

d'autres auront raison
de ces torts

Questions piégées

pourquoi me réaliser
si je dois me soumettre

pourquoi m'extérioriser
si je dois obtempérer

pourquoi espérer
si je dois renoncer

pourquoi oser
si je dois me conformer

pourquoi imaginer
si je dois observer

pourquoi m'exprimer
si je dois me taire

fais ce que dois
et crois

inféodé

Terre d'ire

il pince sa lyre
délicatement
du bout des doigts
comme il susurre
du bout des lèvres
toute l'admiration
qu'il me refuse

dire toute l'ire
venue m'investir
m'inspire
un délire
qui mire
mes pires désirs
d'assouvir
pour transir
comme en terre d'ire

mais y souscrire
serait m'y réduire

à proscrire

LE trahir
fétiches servir
imprécations vomir
le septième avilir
atavisme honnir
occire
l'unique éconduire
ravir
médire
désir

pour me réduire
à gémir ou en rire

fléchir
ou
mourir

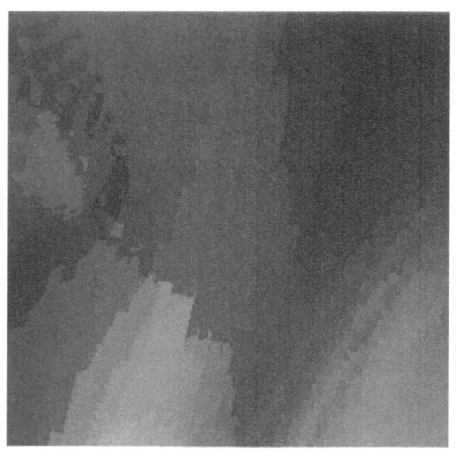

Témoignage calculé

irréductible
refusant de battre sa coulpe
il croit que tendre une bible
lui servira de soulte

différemment semblables
ses croyances éloigneront
ceux et celles de son giron
trop longtemps affables

à seriner SA parole
sans actualiser la parabole
seuls cent quarante-quatre milles acceptables
émergeraient d'un calcul inique, improbable

irrecevable

Adieu Gaston

le soleil brille aujourd'hui d'ailleurs
alors que le grand rapailleur
nous a quitté pour le proverbial monde meilleur
nous laissant esseulés, incertains de bonheur

il aura fallu qu'il nous quitte
pour s'illustrer
auprès de ceux qui avaient, vite
fait de l'ignorer

adieu Gaston

Hommage à Gaston Miron
In mémoriam

Toujours ... jamais

cette vocation
autant de pulsions
inachevées
que de raisons d'être
qui s'enchevêtrent

autant de raisons
de déraison
souhaitée
que d'actes pêle-mêle
sur une âme frêle

autant de passions
de désorientations
recherchées
que de frivoles ébriétés
répétées

autant d'espoirs
à surseoir

à jamais

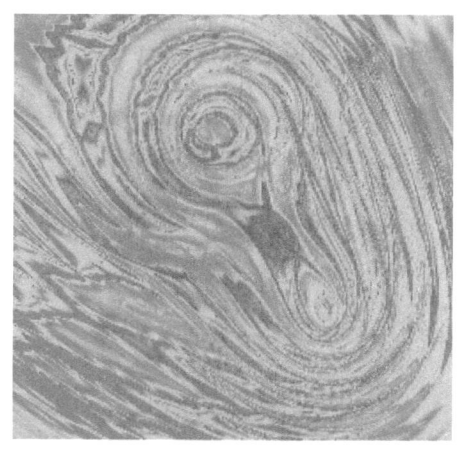

La règle du jeu

je plonge en vrille
vers un impact mortel
je bats de l'âme
sans pouvoir freiner ma chute

tout autour
on porte fièrement la dague
certaines encore écarlates
de ma vie

on se félicite
les sons froids me parviennent encore
de ne m'avoir que blessé
malgré la violence des assauts

les mots
les regards
les spasmes
eurent été intolérables

d'où le bâillon de la condescendance

j'aurais préféré la politique
où nul ne cache son arme
et le droit de réplique est de rigueur

car, là, au moins, c'est la règle

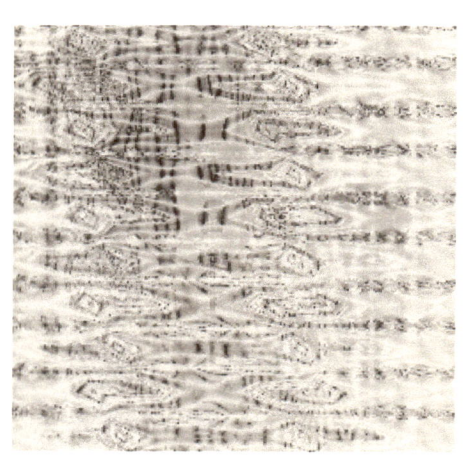

Tu me laisses

tu me laisses perplexe

quand tu t'égares
et te blesses
en courant comme un fou
à travers les dédales
de bonheurs extérieurs

quand tu plies l'échine
et laisses tomber ta garde
pour mieux te faire accepter

tu me laisses tomber

quand tu prends pour gages
les reflets éphémères
dans les yeux de l'autre

quand tu fuis mon regard
et refuses ma main
pour mieux saisir celle d'autrui

tu me laisses pantois

quand tu prends des libertés
avec celles que je t'accorde,
avec celles que tu t'octroies
sous le carcan que tu t'imposes

quand tu t'éloignes de moi
autrement que pour grandir

tu me laisses

alors, bon courage
et à plus tard

à la sortie du détour

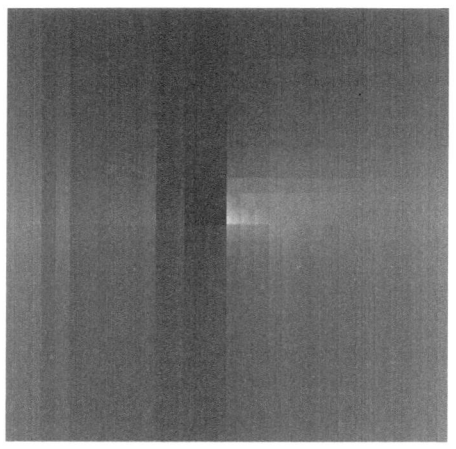

Bouteille à la mer

permettez, je vous prie
que d'aventure j'aie recours
à votre bienveillante attention
et que je vous dise
d'un même souffle
mon désarroi et ma veine

l'âme qui habite ces mots
dérivait un soir sous un vent de désespoir
puis s'enlisa sur une Sargasse
que nul cartographe
n'avait encore repérée
ce lieu inhospitalier
peuplé de guivres, tarasques
et autres présences immondes
allait devenir mon dernier lieu d'angoisse

Or, j'avais un jour laissé tomber
une soi-disant perle de sagesse
que d'aucuns, alors, qualifiaient d'hérésie
d'autres de facétie
certains, d'ineptie,
que tous rejetèrent avec frénésie

par son innocuité perçue
on la laissa tanguer, voguer sans cap
sur cette mer d'indifférence
dans laquelle nous baignions

pour vous trouver, enfin

L'ingénue

au comportement
l'ingénue
ses émotions
étale

l'engouement
porte aux nues
ses réalisations
vénales

le désenchantement
atténue
promotion
cabale

pressentiments
contenus
sur destitution
dévale

ses boniments
saugrenus
de contrition
ravale

ses sentiments
mis à nus
de confusion
détale

le dénouement
s'insinue

la conclusion
s'installe

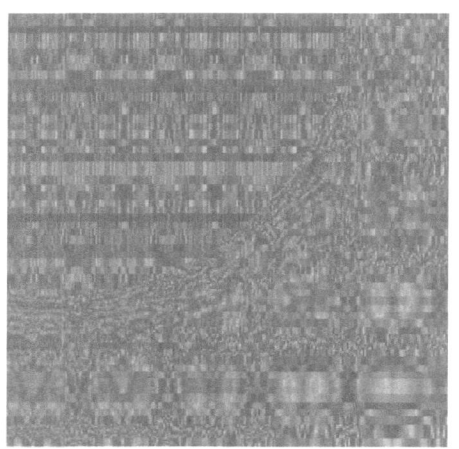

La folle

laissez venir à moi la folle
qu'elle me cajole
que je m'enivre de ses humeurs frivoles
que mon âme s'envole

son imprévisible exubérance
me transporte en transes
bouleverse la cadence
et bonheur dispense

elle provoque une chamade
fait tomber ma garde
inspire en moi le barde
qui divague et darde

rien ne vous sert de chahuter
de vociférer
de tempêter
de contester

elle m'a envoûté
et ne me laissera proférer
que les mots qu'elle m'aura soufflées
pour m'éclater

ne vous en déplaise, frustrés !

Parade

croire
l'histoire
ne rien
voir

gargouille ahurie
vomissant l'acide céleste de sa raison
patrouille en furie
giclant l'effort putride de ses frissons

espoir
de couloir
mouroir
de terroir

andouille ébahie
frémissante amibe empeste passion
douille haïe
glissante cible infeste nation

croire
l'histoire
n'a rien
de gloire

illusoire

Déclaration d'indépendance

l'essence
de mes perceptions
danse un chant

tout est là

les sens
de mes pairs, ces pions ?
dans un champ !

tout est là

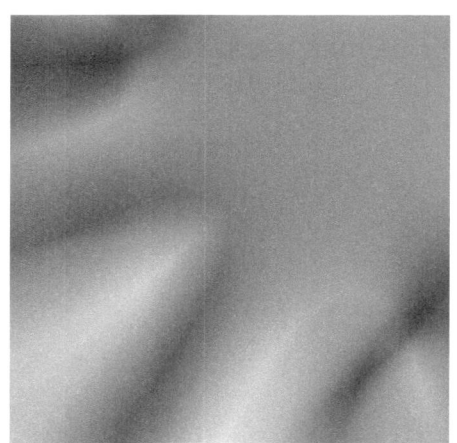

Du tac au tac

Des mots s'imposent à
moi.

Or, pour m'amuser
parfois me venger

je leur impose
moi.

Le képi en coquette

on les enrégimente
complaisantes

masques en trêve
les boucliers s'élèvent

sévices d'antan
tribut

harcèlement présent
refus

mots investis
de sens invertis

Ainsi va la guerre.

Politique ailleurs

Bourriques
amphigouriques
vomissant
faux-semblants

cessez vos fatras
fastes
fatuités

faussaires.

Brusque retour

brusque retour
sur l'échiquier
de l'équipier
et ses atours

il affûte ses premières armes
de flibustier
et laisse les roturiers
en larmes

les nouvelles arquebuses
abusent
et grenaillent
l'ancien attirail

un éventail
de canailles
flaire
l'arbitraire
et le tonnerre
de fer
n'est plus que limaille
dans ses tenailles

l'écrin
du destin
ne recèle
que du fiel
alors que plus d'un émirat
importe,
et exporte
les scélérats,
de dédales
las,
qui imposent le tribal
bât
de l'arrogance
à outrance,
de l'obédience
sur l'obéissance

livides
d'essence,
et vides
de sens

odieux
non-sens

adieu
innocence

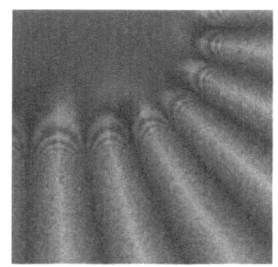

Oeuvre imparfaite

je me construis
pour te servir de rempart
pour te servir de tremplin
pour te servir de repère

tu me contournes
comme on contourne un obstacle
insurmontable
imprenable
une odeur insoutenable

je voulais devenir ton phare
dans la tourmente

tu contourneras le récif
sur lequel je me serai érigé
tu poursuivras ta route
loin de mes écueils

en voulant te guider
je t'aurai repoussé

bon voyage !

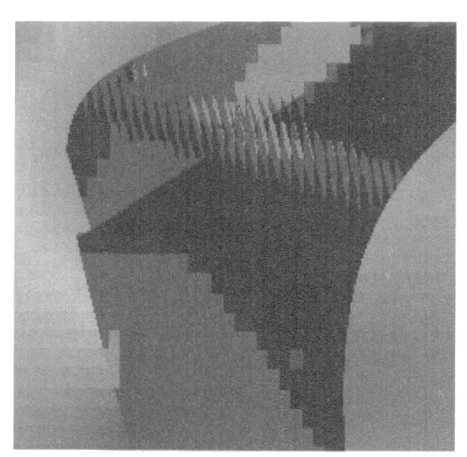

Qui sont-ils?

qui sont-ils
ces êtres en mal d'être

qui vivent en coïncidence
qui se nourrissent de vaines confidences
qui n'accordent confiance
qui n'agissent qu'en connivence
qui confondent suffisance et éminence
qui se vautrent dans l'insouciance
qui s'accordent tant d'importance
qui encouragent la négligence
qui n'admettent leurs carences

qui ont l'impudence
de me reprocher mes écarts d'excellence ?

trêve d'exigences
et d'ingérence !

et si je voulais vivre
moi aussi !

Un jour

quel est donc ce vent de folie
qui m'entraîne dans la tourmente
dans le typhon de l'oubli
fouetté de passions démentes

d'où viennent ces artifices
les tout nouveaux instruments
de passions factices
qui cachent de mornes sentiments

et, que dire des nobles intentions
qu'on invoque sans vergogne
pour justifier des desseins invention
et masquer la source de grogne

le bon peuple, un jour,
dressera un bilan lourd
et biffera l'amour
du: "... *c'est à ton tour* ..."

La bête

la tête
en tempête
déchaîne la bête

sous les paroles acerbes
la colère en gerbe
inspire le verbe

l'âme frêle
essuie la grêle
de mots pêle-mêle

la raison trop tard
par gestes épars
se fera valoir

cela reste à voir
faut me croire

Usage de faux

il se targue
d'humour
et d'amour
il argue

il drague
sous de beaux atours
et sans détours
il nargue

il divague
à renforts de calembours,
mais venu le jour
quitte sans vagues

il passe enfin la bague
cesse de faire la cour ...
découvre qu'il fait lourd
sous les cargues

il élague
son discours
de propos velours ...
inflige la schlague

et largue

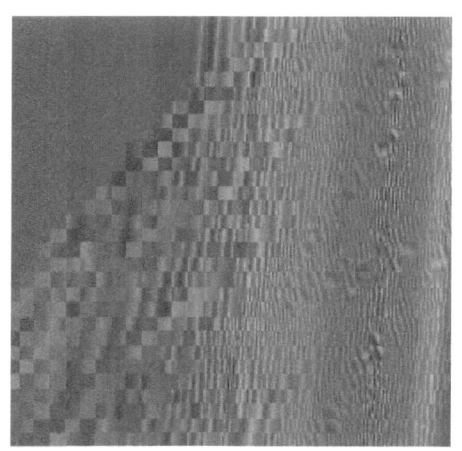

Évasion preste

va là ou l'espoir te mène
où le désespoir d'ébène
n'atteint pas ta peine

écarte les pensées vaines
les soupirs qui drainent
la vie de tes veines

jette du lest
tiens des propos plus lestes
que ton coeur manifeste
ignore la raison qui peste

évasion preste

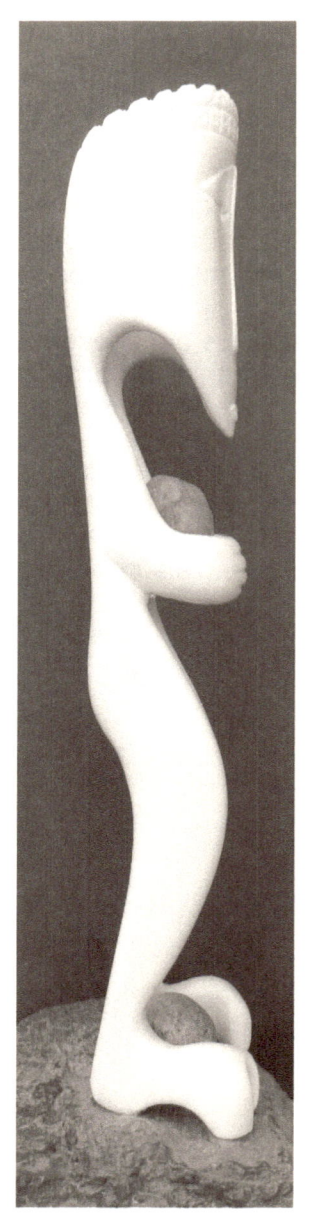

Deuxième partie

ENTRE AUBE ET ÉTERNITÉ

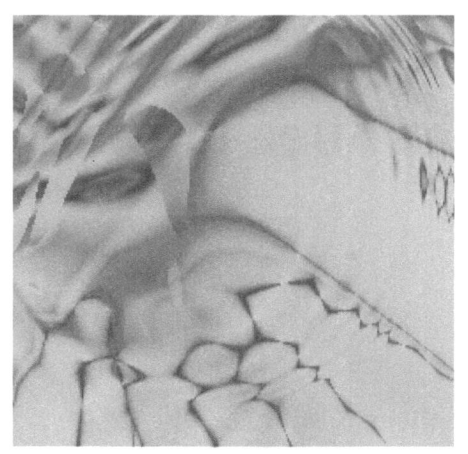

Oing de jouvence

souffrez que j'incline
mon amphore intérieure
et laisse couler
le verbe

l'effusion comblera les méandres
de mes émotions
de confusion et raison
étreintes

à mon corps défendant

le satinant sensuellement
le patinant voluptueusement
l'insinuant onctueusement

d'un baume délivrant

L'orage

Une chaleur étouffante nous collait à la peau comme une boue visqueuse et malodorante dont les vapeurs embrouillent l'horizon, comme un verre dépoli. L'air se déplaçait péniblement, imperceptiblement, n'ayant nulle part où s'évader. D'énormes cumulonimbus se gonflaient et cachaient finalement (faut-il dire heureusement?) le soleil, dont l'ardeur était devenue intolérable. Les nuages perdaient leur virginité à vue d'oeil, en se souillant d'un gris bleuâtre menaçant. Le ciel de cendre présenta bientôt de longues ondulations et, telle une mer à l'envers qui se gonfle, laissait pendre de lourdes mamelles opulentes desquelles pas une goutte n'osait encore s'échapper.

On aurait cru que le temps s'était arrêté, épuisé.

Tout l'espace opprimait et même les oiseaux retenaient leurs cris, comme s'ils savaient fort bien que le moment n'était pas propice à de joyeux ébats. Comme pour leur donner raison, un long grondement sourd, qui semblait sortir tout droit des entrailles de la Terre, fit frémir les feuilles des arbres, qui avaient cessé de bouger depuis déjà un bon moment, tournant un dos rond au ciel. Même les grenouilles, d'ordinaire bavardes, ne coassaient plus et, renfrognées, figées d'appréhension, fixaient le plafond nébuleux d'un regard vitreux.

Une faible et chaude brise vint soudain déplacer les molécules d'air surchargées de vapeur d'eau, provoquant la naissance de petits cumulus effilochés qui s'alignaient fébrilement par-devant l'horizon abaissé, comme l'écume sur une lame de fond. Leur apparence, chétive et blanchâtre, faisait ressortir le mur de cumulonimbus bleu acier qui avançait inexorablement vers nous. Au-dessus de nos têtes, on pouvait deviner de violents courants qui malaxaient, en silence, la partie inférieure encore visible de la masse sombre qui avait maintenant envahi presque tout l'espace respirable.

CRAC!O'RrroummORoummmmRmmmmmm...!
Un éclair vint brusquement déchirer les ténèbres grandissantes d'une lueur insupportable, dans un bruit de catastrophe démentielle. Et, comme si ce signal ne laissait maintenant plus d'équivoque, l'atmosphère tout entière se déchaîna violemment. Le vent fonça avec un hurlement strident, fléchissant les arbres et projetant tout ce qui n'était pas solidement arrimé, les transformant en autant de missiles meurtriers, tandis qu'une pluie torrentielle s'abattait sur la scène, ajoutant au chaos et à la confusion.

Il n'était maintenant plus possible de voir ou d'entendre quoi que ce soit d'autre que les spasmes violents de l'orage. Les éléments déchaînés s'acharnaient sur nous, comme épris d'une volonté de conjuguer eau, feu et vent pour nous anéantir à jamais. Le ciel crachait des éclairs à un rythme affolant, réduisant l'univers à une cascade de puissantes pulsations de lumière et de sons, battant la mesure d'une symphonie maniaque. Le tumulte ahurissant semblait vouloir s'éterniser jusqu'à la fin du monde.

En quelques instants, l'enfer torride et opprimant, dans lequel nous baignions, s'était transmué en un univers cauchemardesque d'une violence inouïe. Notre existence se résumait à des tremblements et soubresauts incontrôlés. Nous étions transis. La pluie chaude initiale s'était transformée en douche froide qui nous glaçait jusqu'aux os. On ne pouvait même plus s'entendre crier, tant le bruit était infernal.

Brusquement, le vent tomba, comme dégoûté de ne pas avoir tout détruit, et le torrent se transforma en une pluie fine, puis cessa complètement. Un rayon de soleil se fraya soudainement un chemin entre les muscles des nuages et répandit une superbe lumière qui rendit la beauté et la gaieté à ce monde qui, i y a à peine quelques secondes encore, semblait en voie de perdition. Les oiseaux reprenaient graduellement leurs esprits, et égayaient maintenant le calme retrouvé de leurs piaillements enjoués.

Depuis quelques moments, une nouvelle odeur, cristalline, indiciblement tonifiante, suscitait en moi une sensation de bien-être, de vitalité étonnante, et masquait l'irréel et désolant spectacle qui s'offrait à nous.

*

J'étais, comme tout ce qui nous entourait, sens dessus dessous

> ... *mais elle m'a tiré de la tourmente,*
> *de cette fuite démente*
> *qui, toujours, me hante*

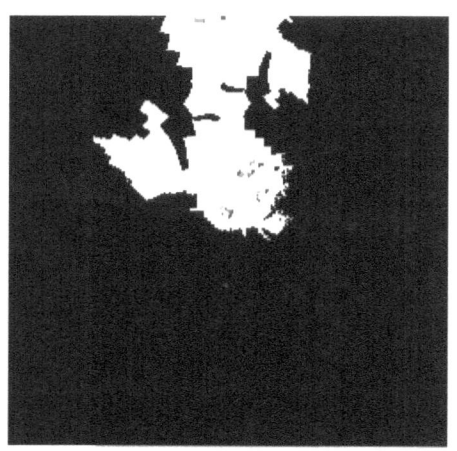

Tu

l'étreinte unique
d'une note soutenue
beigne d'impudiques
ovales nues
l'épique
tu

d'arpèges en symphonies
l'éphémère naguère
coule en ludique
mistral mu
d'antique
tu

le solfège de vie
souffle des arabesques
et comble le portique
austral nu
d'étique
tu

Alea jacta est !

le désir un instant assouvi
saisi dans la douceur
amorce l'éphémère
cohue de heurts et bonheurs

une cohorte de gestes
murmure l'espoir
où scintillent quelques éclats de joie

un flottement suave
révèle lentement l'inconnu
habite le carrefour
de ce moment brave

alea jacta est !

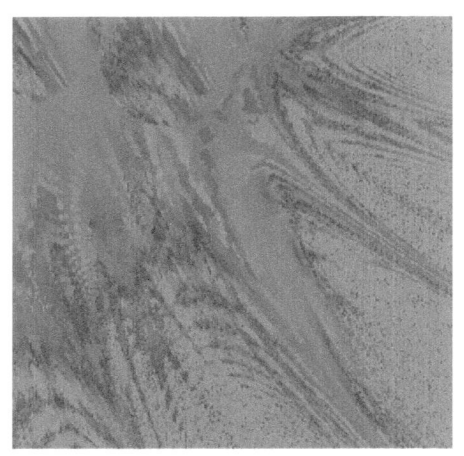

Le solitaire et la myriade

des tréfonds de mon océan si ténu
je contemple l'infinie profondeur de la voûte
perlée
que nulle trace de vapeur ce soir n'atténue
alors que ton corps rejoint mon âme affalée

de furtifs filaments argentés
viennent parfois trancher dans l'éternité
comme d'espiègles anges
s'adonnant à des jeux étranges
se pourchassant follement
certains ricochant gaiement vers le firmament
d'autres se consumant violemment
leur course ponctuée finalement

destin funeste
nul ne reste
ni ne manifeste
en cette nécropole céleste

laissés derrière eux, d'éphémères gages
de leur trop bref passage
moment de gloire inachevée
ultime rencontre consommée
au terme d'un interminable périple
marqué d'effleurements multiples
puis d'une dérive tragique
dénouement inique

ainsi se termine une longue escapade
qui n'aura brillé qu'un instant
au rendez-vous détonant
du solitaire et de la myriade

Humilités

froid d'émoi

le moi
parfois
lorsqu'il perçoit
encore une fois
pourquoi

frémit d'effroi

il croît
vers la foi
dans le désarroi

feu roi de moi

Solo

je pousse un long cri
de frayeur ou de douleur
je ne sais trop
ce n'est pas d'angoisse
c'est trop tôt
piano, piano...

je pousse un long soupir
d'aise ou de satiété
je ne sais trop
ce n'est pas de soulagement
c'est trop tôt
piano, piano...

je pousse un long crayon de bois
vers l'espoir, ou pour voir
je ne sais trop
ce n'est pas le savoir
c'est trop tôt
piano, piano...

je tourne les pages et découvre des mots
troublants de promesses, d'ivresses
je ne sais trop
ils ne sont pas de pouvoir
c'est trop tôt
piano, piano...

je touche à sa peau de satin
prouesses ou caresses
je ne sais trop
ce n'est pas l'Amour
c'est trop tôt
piano, piano...

je berce l'enfant qui me regarde avec
émotion, admiration
je ne sais trop
ce n'est pas de compréhension
c'est trop tôt
piano, piano...

je me donne tout entier à la tâche
par ambition, par obligation
je ne sais trop
ce n'est pas par distraction
c'est trop tôt
piano, piano...

je mesure la distance qui me sépare
de la liberté, d'une finalité
je ne sais trop
ce n'est pas encore d'une panacée
c'est trop tôt
pourvu qu'...

pianissimo …

Furie de glace

un calme lunaire
règne sur l'amplitude cristalline

un silence opaque
habite l'espace tout entier

le cumul blanc imprime sa masse
en immense échafaudage
et migre son joug
lourdement
en son sein obscur et profond
où les premiers sont diamants
issus de l'enchevêtrement chaotique originel
maintenant repliés intensément
sur des intérieurs individuels

chacun se touche sans épouser

indiciblement opprimé

un premier prisme abdique
ses liens ténus
d'autres
immédiatement
se bousculent dans un grondement sourd
et cèdent sous l'appel intolérable
subitement
le front glacial fonce en catastrophe
foudroyant de neige et tumulte
dévastant de violence aveugle

l'instant éternel
s'estompe en une myriade de lucioles sublimes
qui se posent en linceul
muant le désastre en lustre ineffable

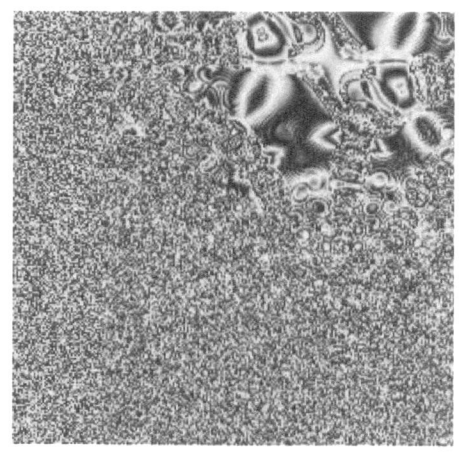

Courage

Tel un marin qui,
au terme d'un long voyage
ponctué de tempêtes et de joies
aperçoit la rive lointaine,
il aspirait à un juste repos.

Le navire glissait doucement,
guidé par une main sûre.
Une douce nostalgie envahissait l'homme
qui goûtait déjà
la jetée d'ancre imminente.

Soudain, contre toutes attentes, il ordonna:
"Hissez la voile,
à tribord toutes!
La retraite attendra...!"

Le timonier donna volontiers
un coup de barre vers d'autres mondes,
d'autres aventures encore.

Capitaine!
Ton équipage admire ta détermination
et te salue!

Offert à Jean Pilon
professeur et éducateur
Joliette (Québec), le 22 mai 1996

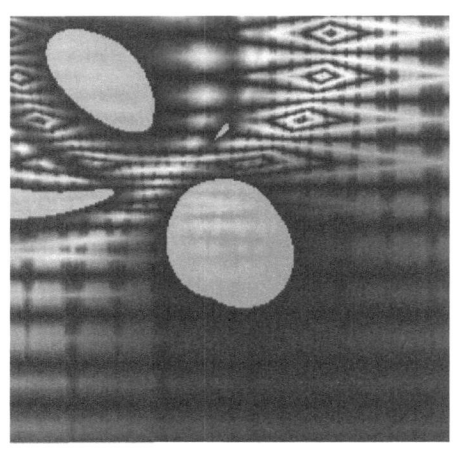

Je m'écris

je m'écris pour me soulager
pour me remettre sur les rails
et freiner ce train d'enfer
qui dévale le temps
en sifflant sa terreur

pour m'ausculter
remettre en question mes questions
repenser mes pensées
en panser certaines

pour élaguer le devoir de ma conscience
la monotonie de mes habitudes

pour m'enivrer de quêtes
lieux de plaisirs
plutôt que de réponses
ultimes stations désertes
de pérégrinations futiles

mille fois plus sûr ce métier
qui soumet à mon coeur
cet ouvrage qu'est ma vie
sans cesse à parachever

plutôt que de m'achever
à survivre

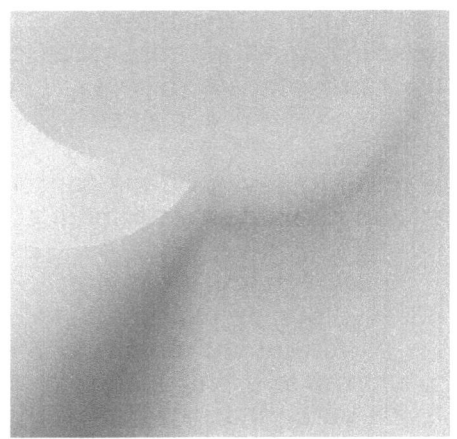

Lichen et pétales

lichen et pétales
pollen et opales
l'univers s'étiole
en vers et babioles

l'essence de prose
embaume
les épitomes
d'apothéose

refrains de carnaval
écrins de morale
parsèment d'instants
l'ardoise du temps

nul doute
qu'il en coûte
de refaire
ce calvaire

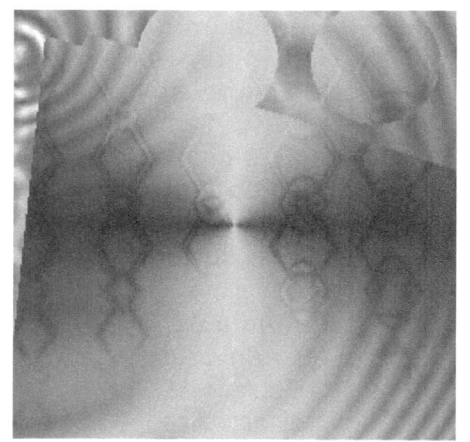

Veille

le silence assourdissant
les pensées qui se disputent mon attention
telle une myriade de papillons
qui volent et virevoltent
déboussolés
m'opprime

sans
laisser
la moindre
impression

une brusque instance frappe

la folle du logis s'affole
provoque une douce et brève frénésie
d'idées
de mots
qui comme des abeilles dans le beffroi
se projettent s'entrechoquent s'enfuient
précipitations opposées
effet Doppler imposé
les ondulations
s'évanouissent
hors
d'itérations

accalmie redoutée...

néant

certitude de ressac
piètre consolation

les réflexions
dépolarisées
tantôt myopes
tantôt presbytes
imposent leur cadence affolante
hors focus

une omniprésence troublante demeure
hors de portée

par un silence à sourd disant

Elle fut une fois

son souffle soyeux
si riche en effluves
me gonflait d'espoir

longue dérive

L'éveil

J'avais à peine dix ans, je crois, lorsque j'éprouvai pour la première fois cette vertigineuse sensation. C'était lors d'une soirée de canicule en juillet, à la maison de campagne de tante Mélanie. Je n'arrivais pas à dormir, car nous étions arrivés le soir même, et j'avais sommeillé pendant presque tout le trajet - qui avait duré plus de trois heures - bercé par le ronronnement de la vieille familiale, et caressé par le vent chaud et humide qui s'engouffrait dans l'habitacle, par la fenêtre entrouverte.

Or, ce soir-là, je m'étais levé sans faire de bruit et, accoudé à la fenêtre, je contemplais le firmament, pendant que les parfums exotiques de la forêt me titillaient les narines. Je n'avais jamais encore rien vu d'aussi captivant. Il n'y avait pas un seul nuage, pas de lumières de ville, pour masquer ou atténuer le spectacle grandiose qui s'offrait à mes yeux. Des milliards et des milliards d'étoiles brillaient, de tous leurs feux, sur un fond noir d'encre de chine. Certaines étaient regroupées et agencées de telle sorte que je pouvais imaginer, tantôt un animal, tantôt un objet familier.

Un petit groupe d'étoiles retint bientôt mon attention.

On eût dit un lièvre, prêt à bondir hors de portée

d'un prédateur. Plusieurs des étoiles, qui formaient sa tête et son cou, semblaient plus rouges que les autres, qui traçaient son corps et ses pattes. Le petit animal portait une oreille curieusement allongée sur son dos, alors que l'autre était dressée, telle une antenne, sans doute pour mieux capter les vibrations hostiles. Sa tête, à demi tournée vers moi, et l'oeil gauche anormalement grand, lui donnait un air effrayé et traqué.

Je pouvais distinguer quelques étoiles, plus roses que bleues, qui scintillaient dans la région de l'oeil. Elles retenaient présentement toute mon attention. Sans m'en rendre compte, j'étais maintenant totalement concentré sur les douces pulsations de ces dernières. Une sensation de bien-être m'envahissait, et je n'étais plus conscient du bois rude qui, tantôt, me piquait les avant-bras. On eût dit que j'étais comme suspendu, au sein même de tous ces objets célestes, et que je pouvais regarder vers l'intérieur et discerner les innombrables molécules de mon corps qui servaient, en quelque sorte, de contrepoids, m'évitant de basculer dans l'abysse.

J'étais en équilibre, confortable. Je flottais comme un nénuphar sur un étang de baume divin.

Des liens ténus reliaient les étoiles de l'oeil du lièvre à chaque molécule de mon corps, et un zéphyr leur infligeait des oscillations qui me procuraient d'indicibles sensations. D'ailleurs, mon corps semblait maintenant intégré aux étoiles et de faibles sons, comme des tintements surimposés à de voluptueuses ondulations, m'habitaient. Je n'étais plus que lumière, couleurs, et pulsations. Même les discrets effluves estivaux contribuaient à la symphonie montante que j'étais devenu.

Bien que le temps semblait s'être arrêté, je conservais, tout de même, une certaine notion de la mesure, de la cadence. Je vivais les portées, sans qu'elles ne s'estompent pour autant, une fois accomplies. J'en connaissais le dénouement, qui demeurait inachevé, sans que cela ne m'attriste, bien au contraire.

Je savais que j'étais ici, et ailleurs, à la fois et que cette intime communion avec l'infini intérieur ne m'était permise que pour que je puisse m'accomplir.

Doucement, tout doucement, un demi-ton vint épouser l'intimité de ce moment absolu puis, un autre. Bientôt, une discrète discorde s'installa et, l'espace d'un éclair, nous étions plusieurs ... je pouvais de nouveau discerner les limites de mon univers et, enfin, de celui qui m'en sépare.

Les conifères, au sommet des montagnes, de l'autre côté du lac endormi, taillaient une déchirure dans le firmament. Les grenouilles et criquets reprirent leur joyeux tumulte. La nuit poussa un long soupir sur mes bras nus et, frissonnant, je retournai me coucher, me disant que l'air était décidément meilleur ici qu'à la ville.

Juste avant de m'endormir, je me souviens d'avoir éprouvé l'étrange certitude que mes lendemains s'avéreraient, dorénavant, différents.

*

Le jaune, l'ocre, l'orangé ... un éventail de couleurs torrides vacillait devant moi, cependant qu'un subtil chatouillement dansait sur mon front. D'indéfinissables effluves, accompagnés de notes cristallines ...

Une explosion de lumière me bouscula hors du sommeil. Il faisait un soleil radieux et un rayon espiègle s'était frayé un chemin jusqu'à mon oreiller, à travers les branches d'un érable argenté, puis du rideau que j'avais négligemment laissé entrouvert. La mouche, surprise en pleine exploration, avait quitté mon front pour, maintenant, s'abreuver aux abords de mon nez, là ou de minuscules gouttes de sueur avaient déjà commencé à perler. Son ardeur avait, sans doute, été fouettée par la chaleur et le délicieux mélange d'arômes de café et de crêpes qui provenaient de la cuisine, au rez-de-chaussée. Je décidai, momentanément, d'ignorer les grondements d'anticipations, qu'émettait mon estomac, pour m'étirer langoureusement, et goûter, tel un fin connaisseur, ce matin à la campagne délicatement meublé des bruissements et gazouillis qui émanaient du gigantesque érable qui, aujourd'hui encore, allait prodiguer l'ombre fraîche tant convoitée par les citadins qu'étaient, indéniablement, mes parents. Au fil des étés passés, j'en étais venu à considérer de tels moments comme paradisiaques.

Cependant, et ce, pour la première fois depuis que nous venions ici pour les vacances de papa, les Kraaa! Kraaa! Kraaa! secs et vibrants des corneilles, habituellement perchées aux arbres qui s'agrippaient désespérément à la falaise, de l'autre côté du lac, ne m'avaient pas réveillé à l'aube! C'était une bien étrange sensation, comme celle qui vous assaille lorsque, par distraction, vous n'êtes pas débarqué à l'arrêt d'autobus habituel, ou encore, comme une rôtie de pain de campagne, sans les confitures de grand-mère. Ces cris rauques étaient pourtant devenus pour moi, au fil des étés, des symboles de liberté et de bonheur infini.

L'événement de la nuit dernière était, à vrai dire, exceptionnel, et je le considérais parfaitement digne de partager, voire détrôner, les cris de corneille à l'aube, et la plainte d'un train dans la nuit lointaine, dans la hiérarchie affective de mon enfance. D'ailleurs, je ressentais encore l'effet de ces indéfinissables émotions encore toutes récentes, telle la chaleur d'une épaisse couche de braises ardentes qu'un feu vigoureux aurait laissées dans l'âtre. La sensation n'était pas désagréable du tout, bien au contraire.

Trêve de rêveries. Je décidai de remettre à plus tard l'exploration et l'analyse de ces nouveautés, sachant, au plus profond de mon être, que je venais d'entamer, irréversiblement, une étape nouvelle de ma vie, et quelque chose me disait que le meilleur était encore à venir.

À la bouffe, maintenant! Je bondis hors du lit et

dévalai l'escalier d'un trait, sachant que grand-père adorait me voir faire cela, peut-être, entre autres, parce que ma mère poussait alors invariablement un petit cri d'effroi, en laissant toujours "tomber" ce qu'elle tenait, le cas échéant. Ce matin, ce fut la rôtie de pain frais qu'elle venait d'enduire d'une épaisse couche de confitures aux fraises à mon intention.

J'avais si faim que je sus, immédiatement, que j'allais, cette fois, payer personnellement pour mon bref moment de gloire, mais j'eus, tout de même, la satisfaction de voir la beurrée effectuer deux lentes révolutions - le temps nous semble toujours défiler au ralenti, en de pareils moments - éviter le plafond de justesse, puis retomber, comme la coutume le veut, le côté aux fraises vers le sol.

Mon cousin, plus vieux de toute l'éternité des treize mois qui nous séparaient, n'apprécia guère la moumoute qu'il venait d'acquérir; même ma mère ne put s'empêcher de s'esclaffer.

J'étais, à vrai dire, comblé. Décidément, les vacances démarraient du bon pied, car je venais, par personne interposée, de remettre la monnaie de sa pièce à ce cousin suffisant, pour une ultime salve qu'il m'avait servie, lors de mon départ pour la ville, l'été dernier. Le ballon plein d'eau marécageuse m'avait alors atteint de plein fouet, juste comme nous allions démarrer. Nous avions dû retarder notre départ d'une demi-heure, ce jour-là, le temps d'un bain et d'un changement de vêtements. Je me souviens encore, d'ailleurs vivement, de l'odeur nauséabonde. Alors, c'est bien fait. Justice est rendue. Et lui qui a horreur de se faire dépeigner...!

*

Quelques jours après l'opération, le médecin déclara que j'étais de trempe olympique ... même en fauteuil roulant.

Ils n'ont qu'à bien se tenir, croyez-moi!

Merci

merci, ma tendre Muse
pour ces souvenirs
écrits dans l'effervescence
précieux prélude à une renaissance
inscrits contre l'indifférence
mieux, exsudent exubérance
tes mots
denses
dansent
encensent
en sens

.

et pansent
mes maux
de sourires

Merci !

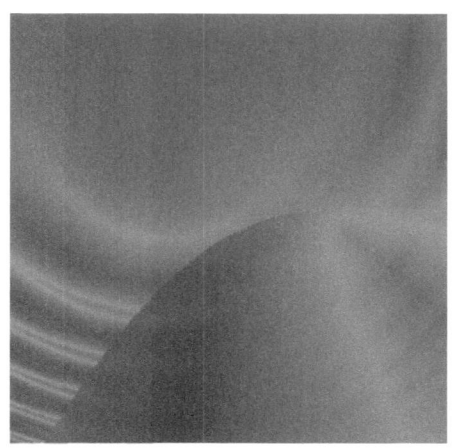

Rappel

La quête m'enivre,
toujours.

Un faîte me prive,
toujours.

L'AUTEUR

Claude Jollet

Il est, de son propre aveu, un incorrigible éclectique.

Au fil de ses études classiques au Collège Laval, à ville Laval, Québec, il s'est découvert un goût prononcé pour les sciences.

Il a amorcé une carrière en météorologie opérationnelle au sein d'Environnement Canada en 1966.

Près de 32 ans plus tard, il entreprit une retraite anticipée pour réaliser un rêve de jeunesse: celui d'écrire dans le but de partager ses connaissances et son savoir-faire.

À cette fin, il a créé plusieurs sites web qui témoignent, un peu, de son éclectisme. Voici les principaux:

www.LeRadioamateur.com
www.HamRadioSecrets.com
www.Meteo-NDP.info
www.ClaudeJollet.ca

Claude Jollet est également auteur d'une série de livrels, en anglais, sur les antennes HF pour radioamateurs:

1- Amateur Radio HF Antennas - An Introduction: ISBN: 978-0-9916968-2-6

2- HF Antennas for Limited Space: ISBN: 978-0-9916968-3-3

3- Homemade HF Antennas: ISBN: 978-0-9916968-7-1

4- HF Antenna Accessories: ISBN: 978-0-9950273-0-5

5- Amateur Radio HF Antennas - Compendium Edition: ISBN: 978-0-9950273-3-6

Sa maîtrise de la langue anglaise lui permet d'atteindre un plus grand nombre d'individus assoiffés de savoir.

Outre sa formation scientifique en météorologie, monsieur Jollet est également titulaire d'un baccalauréat en informatique de gestion de l'Université du Québec à Montréal (1992).

Claude Jollet possède un permis d'exploitation de station radioamateur depuis 1973. Son indicatif d'appel est VE2DPE.

*

On peut communiquer avec lui par le biais du formulaire de contact sur n'importe lequel de ses sites.

On peut aussi le rejoindre sur les médias sociaux suivants :

Facebook :
https://www.facebook.com/claude.jollet

Twitter :
https://twitter.com/ClaudeAJollet1

LinkeIn :
https://ca.linkedin.com/in/claudejollet

*

Cher lecteur,

Si vous avez aimé ce recueil de transsudations poétiques, n'hésitez pas à partager vos impressions sur les réseaux sociaux et ailleurs.

Si vous n'avez pas aimé, dites-le tout de même... en soulignant les aspects qui vous auront *le moins déplu*!

Que vos commentaires soient positifs, négatifs ou mitigés, vos lecteurs, amis et connaissances vous seront reconnaissants pour le temps que vous aurez consacré à partager vos impressions.

L'auteur vous saura gré d'inviter autrui à se procurer son livre et, ensuite, à exprimer sa propre opinion.

*

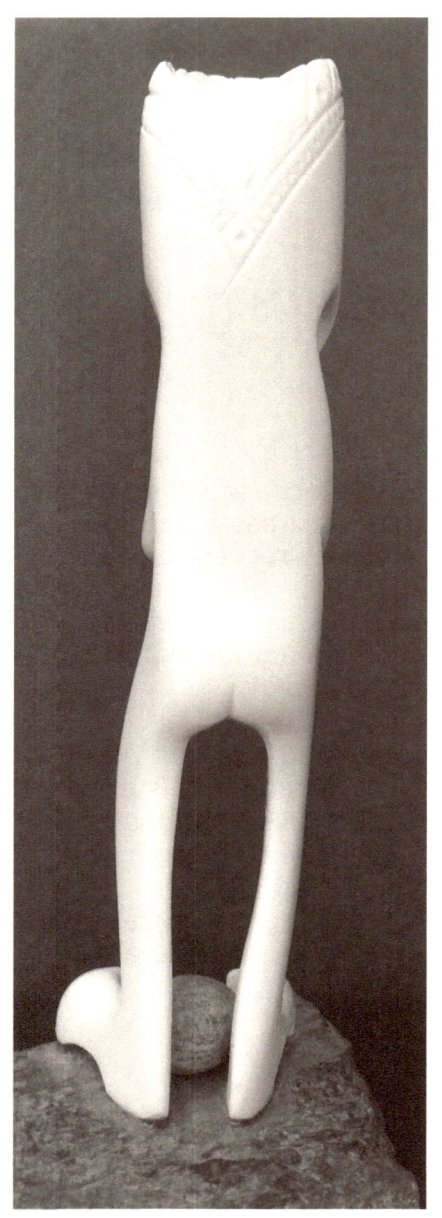

144

Table des matières

NOTES DE RÉALISATION

L'illustration qui paraît en page couverture, et ici et là dans le livre, est celle d'une statuette sculptée dans un fémur d'orignal. Elle est l'oeuvre du sculpteur *Jean-Pierre Beaupied*.

La plume de verre et son encrier sont une oeuvre de l'atelier de verre l'*Oiseau de bois inc*.

La photo d'un homme assis, coiffé d'un chapeau, est celle de l'auteur. Elle est tirée de sa collection personnelle.

Les illustrations abstraites ont été générées à l'aide de www.random-art.org/online/.

La mise en page et la production finale du fichier PDF pour impression ultérieure ont été effectuées à l'aide du logiciel *OpenOffice* sur Mac OS X.

La production d'exemplaires du livre, sur commande, est confiée à Amazon Create Space.

Ce livre est une autoédition. Le contenu, la conception graphique et la réalisation technique sont de Claude Jollet.

*